KB188595

어느 바퀴벌레의 人生 이야기

어느 바퀴벌레의 人生이야기

강종수 시집

당진문화재단
Dangjin Cultural Foundation

새미

나는 사지 마비 장애인입니다.
36년 전 어느 날
한순간에 엉클어졌던 삶
마음속 오솔길을 걸었습니다

되돌아보기도 싫었던 순간
원망과 한으로 질척이던 순간
생명을 잃은 채 살았던 순간
널브러져 있던 순간들 그 속에
가득한 이야기들을 세탁하며
쏟아놓은 넋두리가 오늘이 되었습니다

앞이 캄캄했던 절망 속에서
나를 사랑하고
사랑하는 가운데 행복한 삶을 꿈꾸고
장애인 동료와 어려운 삶을 살아가는
모든 이와 나누고 싶었습니다.

"똥은 더럽습니다. 그러나 그 똥은 여러 해 인내의 시간을 발효시키면 나무에 밑거름이 되고 먹음직스러운 열매를 맺게 합니다. 시를 쓰면서 찾았던 희망을 누구라도 함께 나누고 싶습니다. 희망찬 삶을 살아가는 우리가 됩시다."

강나루(강종수)

목 차

3부 사랑

4부 희망과 행복

1부 절망

반 평 가을

누워서 바라본 가을
자그만 창문 너머 감나무 한그루
여름철 무성했던 잎사귀
무심한 찬바람
하나둘 낙엽 되어 떨어진다

몇 안 되는 낙엽
한순간 회오리바람 불어와
날아갈까
검은 커튼을 친다

가을에 핀 봄꽃

단풍잎 옆 봄꽃이 피었다
겨울의 매서움 없이 그냥 피었다
혹독한 그것이 없기에 없는 것이 많다

향기도 없다
벌과 나비도 없다
그냥 화려함만 있다

이 꽃은 봄꽃인가
봄은 왔는가
정녕 이 꽃으로 봄은 왔는가

보랏빛 향기

5월이 오면 가슴이 아
라일락 향기 맡으면 슬퍼

그대가 떠난 그 날이 오면
언제나 가슴 쓰리고 아파

죽도록 사랑했던 그대이기에
세월이 흘러도 아물지 않네

오늘도 내 가슴 먹먹해지네
그대가 보고 싶어서~~~

병실에서

달이 가네
별이 가네
밤하늘 은하수 길 따라
오늘도 서둘러 가네
좀 쉬었다 가지
은하수 저편에 무엇이 있길래
저리도 바삐 갈까

나 좀 보고 가지~~~

천장

머칠째 침대 신세를 지고 있다
천장을 바라보고 있노라니
시골에서 꼼짝 못 하고 누워
너만 바라보고 있을 때가 생각난다
그땐 가장 친한 친구가 너였지

너는
사랑이었고 추억이었고
산과 들이었고 놀이터였고
과거이고 미래였다

너는
기약 없는
눈물로 다가가는
세상으로 향한 나의 통로였다

지금 바라보는
너는
추억이구나!!!

못난이

　쌀쌀한 햇살에 이파리 떨군 나뭇가지 때깔 좋은 모과 주렁
주렁 열렸네
　옛 추억에 이끌리어 코끝에 쿵쿵
　없다 너에 향기가 없다

　울퉁불퉁 진한 향기 어디로 가고
　매끈매끈 너만 남았나
　못생겼어도 향기가 죽여주는
　네가 좋았는데…

　온갖 세균에 맞서 울퉁불퉁 네 모습
　그 상처 끝에 다져진 너만의 향기
　나 그립다
　겉모습에 향기 잃은 세상
　네가 너무 그립다

거울 속에 비친 그대

스승 중에 스승은
바로 나
스스로 스승이기 위해
오늘도
스승인 나를
거울 속에 비추어 봅니다

모과

저만치 먹구름이 몰려오던 날.
우르릉 쾅쾅
상순 냉이가 꺾이었어도
너는

봄이 되면
여전히 희망의 새순을 피웠었지
아무리 비가 많이 와도
아무리 가물어도.
꿋꿋하게 힘차게

어느 어느 봄날
너에게도 꽃망울 하나
기적처럼 다가와 아름답게 피었지
너무나 힘들었기에
너무나 괴로웠기에
너에게서 나는 향기는
너무나 감미로웠지

가을이 되어

알록달록 열매 익을 때
너 또한 열매 맺혔지
울퉁불퉁 못생긴 열매
하지만 향기롭고 맛있는 열매.
온갖 벌레 먹히고
온갖 새가 쪼아서
네 모양 볼품없어도
향기 그 향기가 너무나 그윽

혹독한 겨울이 와도 이젠
그 바람이 그 추위가
아무리 눈보라 쳐도
너에게는 그 시련이
더욱더 향기로워지는
이유가 될 뿐이야

그림자

조명에 취해 너 춤출 때
늘어진 어깨에 나를 감춘다
비스듬히 일그러진 네 모습
검정 고무신 벗어 나를 떨군다

감추고 감추고 떨구고 떨궈도
아침노을 빛줄기 따라 나와
언제나 그랬듯이 너를 비춘다

어쩌면 감추고 싶은 내 모습
네가 작아지고 작아질 때
비로소 너와 나는 하나가 된다

나의 팔다리

입의 범죄
마음의 범죄
그러나
너로 인해 못 이룬 미완의 범죄
그래서 나는
너를 사랑한다

사람 그리고 장애인

뒤통수의 전율
어린아이가 말한다
장애인 지나간다~

가슴에 맺힌 멍
학생들이 속삭인다
잘하면 뭐 해
장애인이잖아~

사람이 말한다
너 미쳤니
허구많은 사람 중에
하필이면 장애인이야!

사람이 수군거린다
야 신통하네
그 몸으로 어떻게
장애인이 잘하네

사람이 절규하며 말한다

절대로 안 돼
내 눈에 흙 들어가기 전에는
허락 못 해

사람이 말한다
실력은 좋은데 쯔쯔
장애인이라~
그래도 노력은 가상하다

사람들이 말한다
정말 대단해
아주 멋진 사람이야!
틀린 것이 아니라 다르거늘

거울

어느 날 문득 거울에 비친
내가 낯설어 보인다
일그러진 나
내가 생각해왔던 내가 아니다
정직한 너의 얼굴에 비친 나

그것이 진실일진대
왜 지금껏 애써 너를 외면했던가
이젠 나를 찾으려
가면 속에 나를 버리고
네 앞에 서려 한다

5월

오월이 오면
괜스레 빚진 자 되어
의무감에 가슴이 무겁다

함께 못한 죄책감에
고개 숙여지고
촉촉한 눈빛으로 책임을 미룬다

오월이 오면
빚 갚으라는
가슴속 외침에 손발이 바쁘다

5월은
내 콧구멍으로
공기가 통하는 한 나의 옹이다

소풍

새벽에 눈을 떴을 때부터
늦은 밤 잠들기 전까지
네가 늘 내 마음 안에 깃들면 좋겠다

홀연히 내 곁을 떠나면
네 빈자리 미움이 스며들까 두렵다

내가 딛는 걸음걸음마다
가슴 안에서 찌릿찌릿
너와 함께 동행했으면 좋겠다

너는 내 삶의 동반자
소풍 끝나는 날까지 같이 가자
설레임아!

자화상

나는 둘이다
내 안에 진짜 와 가짜
가짜가 진짜인 듯 진짜가 가짜인 듯

혼돈 속에 나
혼자일 땐 진짜 군중 속엔 가짜
어느 것이 나일까?
취중엔 진짜. 할 말도 많은데
가면 속에 내가 편안한 건 뭘까?

가짜인 나. 정말 멋있어
진짜인 나. 보잘것없다네
가짜인 나. 친구 많지만
진짜인 나. 친구 몇 없다네

가짜 뒤엔 허전함이 몰려오고
진짜 뒤엔 후련함이 몰려오네
그래도 둘 다 나인걸
둘 다 인정해야지 사랑해야지

하얀 손

학창 시절 등교 버스는 콩나물시루 어여쁜 하얀 손 책가방
단골
서 있는 내 콧속으로 김칫국 술술
고맙단 말 삼키고 도둑 줄달음

다음 날 아침 머쓱 머쓱 서 있는
네 가방 당기는 하얗고 예쁜 손
애써 고개 돌리고 가방 든 손
슬그머니 힘줄 감추네

진달래 붉게 핀 어느 봄날
새 가방 새 교복 입고
안 하던 거울 치장 서둘러 마치고
바쁜 종종걸음 등굣길 버스에 올라 무심코 가방 내미는데
학교 다 갈 때까지 가방 내 손에 있네

내일도 모레도 글피도
어느덧 그 손길 그리워
내 가슴 먹먹해지네

꺼꾸로

나도 꺼꾸로
너도 꺼꾸로
모두다 꺼꾸로

삶도 꺼꾸로
순서도 꺼꾸로
세상도 꺼꾸로

꺼꾸로 꺼꾸로 거꾸로
6<—>9
¡ ¿
묵.   곡. 곰.

2부 무상

수박

붉게 멍든 아픈 마음
초록빛으로 감추고
얼마나 아팠으면 피딱지
알알이 박혔을까

지나가는 나그네 목마름 축이려
내 몸 조각조각
아니 내도 좋으련만
기꺼이 희생으로 눈물 또한
달디 달다

내 마음

내 마음은 막사발이오
그냥 다가와 무엇을 담으면 되오
목마른 이도
굶주린 이도
세상에 지친 이도
아무거나 담아 그냥 마시면 되오

내 마음은 나룻배요
그냥 다가와 얻으시오
무거운 짐도
방랑자도
마음이 무거운 이도
가다가 내리고 싶은 곳에 그냥 내리면 되오

내 마음은 나무 그늘이요
그냥 다가와 쉬었다 가오
나그네도
수고한 이도
마음이 허한 이도
낙엽이 떨어져 그림자 질 때 말없이 떠나면 되오

내 마음은 소낙비요
그냥 뛰어나와 반기면 되오
열 받은 이도
뙤약볕에 농부님도
염전에서도
이런저런 생각 없이 그냥 시원했으면 되오

바위틈에 핀 민들레

짓밟히기 싫어서 들키지 않으려고
발길이 뜸한 이곳 바위틈에 숨었는데
어쩌나
목마름 배고픔 외로움 비바람
찬 서리 눈보라에 때론 후회

그 시련 있었기에
그 바람 타고 훨훨
그 빗물 먹고 뿌리 내리고
그 눈 이불 덮고 봄맞이 가잖니

그 고통 견딘 너이기에

다시 한번만

내 몸이 아프면
나는 기쁘다

얼마 전에 어깨와 팔이 아파
나를 기쁘게 하더니
오늘은 허리가 아프다

엄청 행복하다

나는
팔다리가
척추가 아프기를 기다린다
어린아이가 엄마를 기다리듯

동그라미

8월에 마지막 날 막걸리 향기 따라
너는 내 곁을 떠나갔지
초가을 떠가는 흰 뭉게구름처럼
너 또한 내 곁을 떠나지

그렇게 그렇게 세월은 흘러
너 아닌 네가
이른 아침 새 소리와 함께 찾아왔네

봄 햇살에 깨어나는 노란 새싹처럼
초여름 초록 물결 속 아카시아 향기처럼
가을 들녘 황금 물결처럼
밤새 소복소복 내려온 세상을 덮은 눈 이불처럼
고즈넉 산사의 풍경소리처럼

너는 나를 찾아 왔네
소리 없이 나를 찾아왔네
그 시절 네가 내 곁으로 왔네
이른 아침 창문에 비치는 햇살 타고
저녁노을 황금 물결 타고

일곱 색깔 무지개다리 건너
그 시절 그 모습 그대로 찾아왔네

수다

너는 목욕탕이다
너랑 같이 있으면
나도 모르는 사이 발가벗겨진다

너는 한 편의 영화 같다
너와 함께 할 때는
웃음이 있고 기쁨이 있고 허탈함도 있다

너는 친한 친구다
너와 친해지면
추억이 있고 그리움 있고 편안함이 있다

너는 어머니 품속 같다
네 품속에 머무를 땐
위로가 되고 용서가 된다

너는 참 스승이다
너한테서
기쁨을 배우고 지혜를 배우고 인생을 배운다

너는 어린아이 같다
네 안에 있을 때는
유치해지고 바보가 되고 솔직해진다

너는 의사요 배우요 개그맨이요 역사다
당신은 나의 동반자
영원한 나의 동반자

비

파란 호수
검은 천 적시어
펼쳐 놓았나

농부님
땀 수건.
비틀어 짜나

뚝 뚝 뚝
물방울
땀방울.
빗줄기 되었네

알고 보니

다람쥐 노니는 오솔길
돌멩이 하나
바위 품 떠나 크고 작은 풍파
조약돌 되었네

시냇가에 형제들
옹기종기 모여 있는데
너는 어찌하여 여기에 있느뇨

댕기 머리 계집애 공깃돌이었나
까까머리 머슴아 새총알이었나

아니 아니 자세히 보니
수정알이었네
아니 아니 자세히 보니
백옥알 이었네

비 내리는 아침

빗소리에 눈을 떴다
시야에 새로 지르며
곤두박질하는 빗줄기
창문을 때린다

나뭇가지 팔 느려
목마른 땅 물 먹이고
대지의 초록
춤추는 아침

목마름에 창문을 연다

매미가 산다

내 머리에선
여름도 아닌데 매미가 운다.

아침저녁 밤낮을 가리지 않고
시도 때도 없이 운다.

봄 여름 가을 겨울 1년 내내 운다.
1년 10년 20년 30년을 운다.

아직도 짝을 못 찾았나

어머니는 떡방아를 찍는다 하신다.

무제

새벽에 눈을 떠보니
왼쪽 어깨에 겨울이 내려앉았다.
찬 바람도 분다.

이불을 덮었다.
온몸에 온기가 덮어 온다.

그래도 겨울은 가지 않는다.
다른 몸에는 점점 여름이 오는데.

채찍 비

채찍 비가 내리네
들에도 산에도
휘감으며 내리네

농부들 아픔 가슴
아는지 모르는지
쫘~악 쫘~악
무심하게 내리네

너 지나간 밤
할퀴고 간 상처에
탄식만 가득
어찌하여 그리 호되게
책망하려 하는가

소나기

슬퍼 슬퍼서 우는 걸까
아니
기뻐 기뻐서 우는 걸까
어쩌면 둘 다 일지도 몰라

너무나 사랑해서
너무나 안타까워서
참다 참다 터져버렸네

어찌하면 좋을까
그리워 그리워서
보고 싶어 보고 싶어서
오늘 또 뚝 뚝 뚝
하염없이 흘러내리네

톡 톡 톡

봄비 내린 뒤
꽃망울이 톡 톡 톡
아장아장 발자국 소리에
새싹들이 톡 톡 톡
산들산들 봄바람에
새순들이 톡 톡 톡

아롱아롱 대지의 입김
잠자던 개구리 톡 톡 톡
파릇파릇 봄나물 향기 따라
봄처녀 호맹이 소리 톡 톡 톡

봄처녀 웃음소리 따라
총각들이 톡 톡 톡
몽글몽글 꽃향기 따라
사랑 몽우리 톡 톡 톡

괴나리봇짐

나 정말 잘 쓰고 싶어
아니야
그렇게 잘 쓸 필요 없어
그냥 쓰는 건데

나 공놀이 정말 잘하고 싶어
아니야
그렇게 잘할 필요 없어
그냥 노는 건데

나 정말 노래 잘 부르고 싶어
아니야
그렇게 잘 부르지 않아도 돼
그냥 즐기는 건데

남의 시선 따위
그렇게 중요하지 않아
주인공은 너야
그렇게 사는 거야
여행 가듯이

3부 사랑

어머니와 생선

내가 가장 좋아하는
갈치 한 토막
아침 밥상에 놓여 있네

어머니 드세요
아니다 나는 이빨이 없어서
너 먹어라

뼈 발라 드시면 되잖아요
갈치 비린내가 너무 심하구나
내 숟가락에 올려놓으신다

언제나 대가리는 어머님 몫이다

장작 담

어느 시골 초가집 흙담 벼락
허리 늙으신 우리 아버지 수고로
둘러쌓여진 누런 장작더미

기나긴 겨울
우리 가족 따뜻하게 안아 줄
아버지의 훈훈한 사랑이지요

우리 가족 위해
차곡차곡 쌓아둔 사랑이 있기에
따뜻하게 오늘을 살아요

하나둘 구락쟁이에 쌓여지는
구들장 사랑
태워도 태워도 줄지 않는
아버지의 묵묵한 사랑이지요

첫사랑

라일락 꽃 피는 봄이 오면
너 그리워
일기장에 눈물 자국 훔쳐봅니다

추억 속의 감춰놓은
못다 부친 보랏빛 엽서
남몰래 소리 없이 끄적여봅니다

꿈엔들 잊으리오
보랏빛 향기를
달빛 향기를

옹이 되어 맺혔나
호박 되어 빛나나

봄이 오면 그리움에
아직도 네 모습
동그랗게 맴돌다 맴돌다 갑니다

수돗물 소리

나와 말다툼 하셨다
콸콸콸
세수를 하신다

깨복쟁이 동네 친구가 멀리서 왔다
콸콸콸 콸콸콸
또 세수를 하신다

같이 공부하던 친구가 서울에서 왔다 콸콸콸 콸콸콸 콸콸콸
또 세수를 하실게다

이웃집 친구가 아기를 안고 놀러 왔다 콸콸콸 콸콸콸 콸콸
콸 콸콸콸
오래오래 세수하신다

훈장질하는 친구가 우리 집에 왔다
드르륵 조용히 화장실 문을 여신다
아마도
세수를 아주 오래오래 하실 것 같다

같이 노시던 친구분이 돌아가셨다
그 세수를 또 하신다
아마도 오늘은 해수를 오래 하실 것 같다

처음이

눈 이불 거둔 자리
땅 거죽 뚫고 새싹 향기 따라
나들이 나온 너

대지의 입김 아롱아롱
봄바람에 떠밀려 간 자리
노릇노릇 꽃봉오리 따라
빼꼬미 나온 너

아직도
싸늘 바람이 살갗을 스치는데

양지바른 곳 한 곁에
살며시 벌 나비 따라
마중 나온 너

그 옛날
라일락 꽃향기 따라
떠난 너

가슴 콩닥콩닥
불현듯 스치는 추억
아직도
봄이면 먹먹하다

라일락 엘레지

동백꽃 향기 따라 찾아온 그 님이
라일락 꽃향기 따라 떠나갔다네
달콤한 동백꽃 사랑으로 다가와
쓰디쓴 라일락꽃 그리움으로 떠나갔다네

10월이 오면 그대 생각에 잠 못 이루고
4월이 와도 그대 그리움에 눈물이 나네
꽃샘추위 찬 바람에 실려 온 라일락 향기
코끝을 스치고
창문 사이로 스며드는 첫사랑의 향기
가슴을 저미네

내 가슴 깊은 곳에 감추어 둔 아픈 추억
봄마다 찾아오는 먹먹한 첫사랑의 향기
그 님과 같이 걸었던 당진 천 벚꽃길
홀로 쓸쓸히 나도 모르게 걸어 본다네

하얀 벚꽃 같은 그대 얼굴
발그레 물들던 홍조 띤 볼
라플 라플 단발머리 날리며

뛰어가던 그대의 청순한 모습

떨어지는 꽃잎 속에 멀어져 가네
먹먹한 가슴에 촉촉함만 남기고

어머니

보리를 심으면 벼가 날까
콩을 심으면 팥이 날까

감자를 심었는데 고구마가 날까
고염나무에 홍시 열릴까

도라지를 심어놓고 도라지
더덕 씨를 뿌려놓고 더덕
좋은 도라지 맛있는 더덕은 괜찮겠지

사랑 1

가다가 그 자리에 있어도.
왜 거기에 있냐고
묻거나 책망하지 않는다.

오래 머물러 있어도
바삐 지나가도.
멀리서 쳐다만 봐도.

어둠 속 빛살처럼
앙상한 가지 꽃망울처럼
라일락 향기 울렁임처럼
언제나 아무 말 없이
가슴과 가슴을 잇는다

사랑 2

내 모습 바라보며 항상 미소짓는 당신
눈물이 없는 줄 알았습니다
좋아서 웃는 줄 알았습니다

이것저것 사 달라 졸라매는
자식의 성화에
아무 말 없이 다음 날 척
당신의 주머니는
화수분인 줄 알았습니다

살이 도톰한 생선 토막
슬그머니 자식 앞으로 밀면서
나는 생선 대가리가 맛있더라
생선 대가리가 맛있는 줄 알았습니다

냉장고에서 고등어를 내 오시며
큰 애야 이게 무슨 생선이냐
말씀하실 때
아이고 어머니
당신은 영원히 늙지 않는 줄 알았습니다

이제야 아~~~!
자식은 바보랍니다

사랑 3

해님은 달님이 그리워
저녁노을로 그리움을 남기고
달님은 해님이 그리워
아침노을로 그리움을 남깁니다

봄이면 라일락 향기 속
그대가 보입니다
여름 하늘 뭉게구름 속
당신을 당신을 봅니다

가을이면 고추잠자리 꼬리에
내 마음을 달려 보냅니다
그대 닮은 눈사람 짧은 햇살 맞아
녹을까 내 외투 입혀 봅니다

오늘은 여우 잠 꿈속에
사뿐사뿐 급히 달려옵니다

사랑 4

때때로 당신을 멀리하지만
당신은 항상 내 곁에 있어 주시네

당신께서 원하시는 것
하나도 드리지 못하면서
이거 달라 저거 달라 보채는 나
항상 보듬어 주시는 당신
망나니처럼 사는 나
왕자처럼 대해주시는 당신

언제까지 참으시려나
화내실까 두렵네
그전에 깨달아야지

ㅠㅠ

오랜 세월
토방 위 조각 밭에
콩 농사 지으셨지요
깨 농사 지셨지요

가냘픈 어깨에 바랑 메고
세상 구경하셨지요
소풍 다니셨지요

우리 어머니!

이젠
힘에 겨워
농사도 그만 소풍도 그만
장에 나가신다 하네요

나
콩 농사 깨 농사지을 때
느티나무 그늘 아래 앉아
구경이나 하셨으면

나

소풍 다닐 때

구락쟁이에 불 지펴 밥 지으시고

소당에 나물 반찬 볶으셔서

도시락이라도 쌓아 주셨으면

열 번만이라도~

4부 희망과 행복

가보고 싶은 길

험난하고 외롭지만
좋아서 가는 길

때로는 서둘러 가기도 하고
때로는 쉬었다 가기도 하고

죽기 전에는 부지런히 가야만 한다
그 길이 내 길이기에

할 수 있는 것

이
몇 되지 않아 나는 행복하다
그래서
욕심이 없는 내가 행복하다
소소익선

에
집중할 수 있어 나는 행복하다
오로지
너만을 사랑할 수 있어 행복하다
짝사랑

으로
나를 표현할 수 있어 나는 행복하다
비로소
나를 찾을 수 있어 행복하다
할 수 있는 것

과
할 수 없는 것이 선명해서 나는 행복하다

그렇지만

가끔 할 수 없는 것에도 도전하는 무모한 내가 행복할 때
가 있다

단순 무식

지름길

오랫동안 사랑받아야만 하는 사람들이 기다리는 이 길이
지름길이었으면 좋겠습니다.
꽃길이 아니어도 좋습니다.
가시밭길 가다가 온몸이 피투성이가 돼도 좋습니다.
가다가 지쳐 포기할까 두려워도
이 길을 절룩이며 가보려 합니다
어쩌면 더 오래 걸릴지도 모릅니다
그래도 너무나 절박하기에
이 길을 불나방처럼 가야만 합니다
다만 소망컨대
이 길의 끝자락이 우리가 꿈꾸는 그곳이면 족합니다

나는 행복한 사람

할 수 있는 것이 별로 없어
행복한 사람
가진 것이 별로 없어
행복한 사람
걱정거리가 별로 없는
나는 행복한 사람

내 욕심을 채울 잔이 작아
행복한 사람
잔이 작아 넘치는 것을 나눌 수 있어 행복한 사람
도움을 청하는 사람이 많은
나는 행복한 사람

슬픔과 기쁨을 나눌 수 있는 벗이 있어 행복한 사람
언제나 나의 편인 부모 형제가 있어
행복한 사람
몸은 돌봐주는 좋은 사람이 있는
나는 행복한 사람

하고 싶을 때 할 수 있는

건강한 몸을 가진
행복한 사람
상처받은 마음 치유할 수 있는
글을 쓸 수 있는
나는 행복한 사람

맛있는 것을 마음대로 먹을 수 있는
건강한 치아가 있어
행복한 사람
궁핍하지 않을 정도의
경제력이 있는
나는 행복한 사람

보람 있고 실천 가능한 미래가 있어
행복한 사람
거울에 비친 나를 보고
엷은 미소를 지을 수 있는
나는 행복한 사람

여기도 행복 저기도 행복

세상에 널려 있는 행복이란 보석
행복이란 실에 꿰어
행복의 목걸이를 만들어
나도 목에 걸고 너도 목에 걸고

우리 모두
행복의 나라를 만들어 갑시다

기다림

봄이 반드시 올 것을 알기에
우린 기다린다
굶주림과 혹한에도
따스한 봄볕을 머금고
돋아나는 새싹 향기가 있기에

건널목
언젠가 건널 수 있는 약속이 있기에
우린 기다린다
아무리 바빠도 번거로워도
빨 노 초 신호등이 있기에

삶이 어려워도 차별을 받아도
우리가 묵묵히 기다리는 것은
언젠가 좋아지리라는 믿음이 있기에
우린 기다린다

변하지 않는 사회를 향해
작은 외침을 계속하는 이유는
가다 보면 결국 끝이 있다는 것을 알기에

우린 그래도 기다린다

오늘이 아무리 힘들고 고독해도
조금이라도 좋아지리라는 내일이 있기에
우린 기다리고 기다리고 기다린다

행복

지금 여기 내 옆에 있는 것들이
나에게
가장 소중한 사람이고
가장 소중한 시간이고
가장 소중한 장소이며
가장 열심히 살아야 할 이유들입니다

나를 가장 사랑해야 하고
그 열정으로
내 주위에 있는 모든 것들을
사랑하고
간직하고
지켜줘야 할 것입니다
그것이 ^행복^입니다

새싹

차가운 봄비 지나간 자리
아롱아롱 아지랑이 대지의 입김
노릇노릇 파릇파릇 머금은
까치 혓바닥처럼 쏙쏙 돋아나는 너
용케도 매서운 북풍한설 견뎠구나

산과 들녘에서도
강과 바다에서도
덩굴과 나뭇가지에서도
몽글몽글 피어나는 너 참 아름답구나

코로나-19로 지쳐 있는
우리들의 마음에도
네 힘찬 기운 둥지를 틀면
나 너를 찾아 나들이 가련만

새싹 한 줌

지나가던 나그네
꼬르륵
배고픔 소리 들었나
콩밭 매던 농부님이
건네준
개똥참외 하나

꼬불꼬불 오솔길 따라
쉬엄쉬엄 걷다가
머무른 자리

오물오물 나왔네
초록 형제들

옹기종기 모여서
그리도 재미있게 나눌까
무슨 이야기

희망

가만히 귀를 기울이면
뒤꿈치 들고 다가오는 소리 들려.
가만히 눈을 감으면.
무지개다리 건너 달려오는 모습 보여.

꽁꽁 얼어붙었던 대지로부터
먼 들녘 봄처녀 홍조 띤 얼굴에서
아무리 불러도 오지 않을 것 같던

너

긴 잠자고 나니 어느새
나풀나풀 노랑나비 하얀 나비
날갯짓 바람과 함께 다가와
내 어깨 위 살포시 나래를 접는다

봄 1

새벽녘 어둠을 뚫고 주룩주룩 검은 비가 내린다
먹구름 넘어 동녘 하늘에 먼동이 트는데
검은 빗줄기로 온 세상에 커튼을 치듯
거대한 검은 코끼리 그림자에 숨어버린 사랑하는 당신이여

부러진 곡괭이
짓밟힌 녹두밭
어깨동무 달음박질
피지 못한 동백꽃
천만 송이 태극기
이런 단장의 고통 없이

어스름이 들려오는 희망의 속삭임
긴 긴 잠 속에 볼살을 스치는 너의 따사로움
차갑던 동토 아롱아롱 피어나는 아지랑이
겨울에 앙상히 얼어붙었던 나뭇가지에 몽글몽글 새싹이
돋듯
사랑하는 님이시여 어느 날 갑자기
도둑처럼 오시면 안 될까요

봄 2

봄은 온다
딱딱한 껍질을 깨고
따뜻한 빛줄기 따라
작은 새싹과 함께 꼬물꼬물…

봄은 온다
언 땅을 녹이며
언제까지 안 녹을 것 같던 동토에도
아롱아롱 아지랑이와 함께 춤을 추며…

봄은 온다
우리들의 가슴을 녹이며
상처와 절망 그리고 높은 벽을 넘어
기쁨과 희망의 날갯짓으로 도둑처럼…

목련

무엇이 그리 그리워
너 먼저 피었는가

하얀 추억 아직 보내지 못해
처녀 가슴 속살처럼
맨발로 서둘러 마중 나왔는가

너 무엇이 그리 아쉬워
물속에서 나와 나무에 맺혔는가

아직
벌나비 추위에 잠들어 있는데

빛보다 빠르지 않다면

봄은 여름에게
여름은 가을에게
가을은 겨울에게
겨울은 다시 봄에게
욕심부리지 않고 자기 자리를
기꺼이 내어준다

자연은 우리의 스승
순리를 거스르지 않고 때가 되면
그 자리를 아낌없이 돌려준다

사람들도 이러하면 얼마나 좋을까
나 자신만이라도
자연을 벗 삼아 스승 삼아
동행하며 살련다

넷

너의 넷은 죽음 나의 넷은 삶
너의 넷은 숫자 나의 넷은 발
너의 넷은 정지 나의 넷은 전진

너는 넷―둘―셋―넷
나는 넷―둘―넷
너의 넷은 같지만, 나의 넷은 다르다네

너와 나의 동행
소풍 마치는 날
너는 나의 동반자

13! 마루 위의 파노라마

하얀 놈이 향기로운 나무 향을 핥으며
조용히 구석에 앉는다

일그러지고 뒤틀린 몸이 부끄러워
붉게 물든 그놈이 하얀 놈의 앞을 막는다
당황한 한 놈이 파랗게 질린 얼굴로
바닥에 널브러진다
한 놈, 두 놈 차례로
흐느적거리며 마룻바닥에 눕니다

적막이 흐른 뒤
희망에   찬 아침의 태양
동그르르 동그르르
자유, 평등, 박애
그들 옆으로 어깨동무하며
나란히 울을 짓는다

5부 추억

통가리

애들아! 오늘 고구마 구워 먹자
^그래^
싸리문 뒤 토방에 책보자기 팽개치고
뒷방에 고구마 통가리
굵은 놈으로 몇 개 움켜쥐고
뒷산으로 우루루

삭정이 한 아름 넓은 방독 위
두툼한 고구마 편 올려놓고
삥 둘러앉아 입맛 다시는 악동들
검병 묻은 입술, 얼굴 보고
까르르 까르르 까르르

허리춤 내려 쫙쫙 치치
꼬르륵 호르륵 못내 아쉬움 안고
내일 알지~ 눈 약속하며
각자 집으로 줄달음질 친다

접시꽃

어느 한적한
초가집 돌담 밑에서
외로이 피었네

너무 보고 싶어서
너무나 그리워서.

그 님이 돌아올까 봐
고개를 빼고 빼다가
그렇게 키가 커졌나.

너 시들어질 때까지
그대가 내 곁으로 돌아오려나
내 눈도 저만치 달음질치네

항상 그랬듯이

겨울은 꽁무니를 접고
동녘 하늘 먼 곳으로부터
한 걸음씩 다가오는 희망의 속삭임

달래 냉이 씀바귀나물 캐는
계집아이들의 손끝으로부터
아롱아롱 번져오는 향기의 속삭임

솟아오르는 대지의 입김
움터 오는 생명의 숨결
얼어붙었던 흙으로부터
앙상한 나뭇가지로부터
해봄은 슬그머니 고개를 쳐든다

초가집

　내가 살던 옛집은 물총새 깃드는 투박한 황토흙 토담의 작은 추억이 깃드는 아름다운 집입니다.

　내가 살던 옛집은 투박한 토방 위 앙증맞은 검정 고무신이 나란히 어깨동무하는 사람스런 집입니다

　내가 살던 옛집은 귀뚜라미 울음소리에 크고 작은 보름달이 달려있는 처마가 있는 그림 같은 집입니다

　내가 살던 옛집은 어스름 새벽녘에 구수한 무쇠솥 끓는 소리 잠 깨우던 이야기가 있는 집입니다

　내가 살던 옛집은 우당퉁탕 서생들이 운동회 여는 천장이 정겨운 집입니다

　내가 살던 옛집은 겨울이면 칼싸움용 칼 고드름이 열리는 운치가 있는 집입니다

　내가 살던 옛집은 소쩍새, 부엉이 소리 자장가 삼아 꿈을 꾸는 밤이 살아 있는 집입니다

　내가 살던 옛집은 모깃불 뭉게뭉게 옥수수 하모카 할머니 이야기가 졸음을 안기는 정이 넘치는 집입니다

　내가 살던 옛집은 어깨엔 노송들이 양팔 없고 십 리 밖 탁 트인 곳에

나의 집 오두막 작은 초가집이 있었습니다
나는 그런 집에서 행복을 먹고 자랐습니다

추억 속으로

아침부터 분주히 준비를 한다
푸른 숲 산길을 지나
방독산 고개를 넘어
코 찔찔이 유년 시절 놀이터로 간다

그때 놀던 그 친구들
머리에 눈이 내렸어도
이마에 밭고랑 일렀어도
쑥스러워 이름 제대로 못 부르던.
순진함이 보인다.

초롱초롱한 눈망울.
발그레한 얼굴에 파인 볼 우물
옥수수 형제들 나란히 웃는 모습
좋아하는 마음 들킬까 봐
짓궂게 굴던 모습.
지금도 너에게서 그 모습이 보인다.

노송

동네 어귀 작은 동산 언덕
홀로 선 늙은 소나무
등 굽어 뒤틀린 몸 버격으로 덮고
잘린 가지 옹이로 품고
남은 가지 힘에 겨워
드리운 너에 모습에
그 많던 동무 보내고
홀로 남은 사연 가슴 저미네

터줏대감

구불구불 고라실 논두렁 넘어 한적한 산기슭
수정같이 맑은 물 흐르는 작은 도랑
가재 잡고 모래 땜 쌓아놓고 물장구치던 친구들
다 어디로 가고 그대만 남았는가

구불구불 돌담길 옆구리 끼고
딱지치기 구슬치기 말뚝박기하던
동무 다 어디로 가고 그대만 남았는가

외로워 말게나
저녁이면 가을이면
마을 어귀 손님 반기던 늙은 느티나무 아래서
더이상 목 빼지 않아도 될게야

보송보송하던 이마에 밭고랑 늘어가고
보들보들 손등에 소나무 껍질 덮을 때
그때 그 도랑 그대 그 골목길 그때 그 이야기
그리움에 사무쳐 잠 못 이루는 동무들
하나하나 엄마 품 같은 이곳으로

묵은 때 씻으러 고단한 몸 쉼 찾아
모여들 거야 그대 곁으로

풀잎 이슬

산골 오두막집 오르는 길에
초롱초롱 꽃초롱
이름 모를 늘어진 잡초잎에
초롱초롱 이슬 초롱

영롱한 이슬 초롱
작은 세상 담고
힘에 겨워 늘어졌나
잡초잎의 열매 초롱

꽃초롱 꽃초롱 한다한들
이슬 초롱 열매 초롱만 하랴

그늘 예찬

그늘이 좋다.
그 아래 시원함이 좋다.

그늘은 어머니 품 같다
말없이 많은 것들을 품는다

그곳엔 편안함이 있다.
지친 나그네 땀을 먹고 간다.

부족함도 넘침도 없는
그곳이 나는 좋다.

삶의 지친 어깨 잠시 잠깐
기울일 수 있는 그늘이고 싶다

가을

부끄러이 붉게 물든 노을
산들바람 타고
햇빛 슬그머니 몸을 숨긴다

찌르 찌르 귀뚜라미 소리에
가슴 속 달빛 별빛 추억
아스라이 기억 넘어 멀어져 간다

그 시절이 그립다

종다리 하늘 높이 지지베베
온 산에 분홍 진달래 이불
까르르 계집애들 나물 캐던
그 시절이 그립다
언 땅 박차고 나온 개굴개굴 개구리
뒷다리 삭정이 불에 구워 먹고
나머지 닭에게 던져 주던
그 시절이 그립다

계절 푸른 날 동네 넓은 공터
돼지 오줌보 축구하고
열 오른 몸 식히려 개울물 물장구치던 그 시절이 그립다
초승달 나뭇가지에 보금자리 틀 턴 밤
단잠 시샘하듯 울던 매미 놈 잡으려
거미줄 매미 채 들고 이리저리
그 시절이 그립다

온갖 과일 코끝을 괴롭히고
초가집 앞마당 잠자리채 들고
고추잠자리 따라 맴맴 돌고 돌던

그 시절이 그립다
간사지 노란 황금 들판
두 팔 벌린 허수아비 세워두고
메뚜기 잡아 풀줄기 줄줄이 꿰던
그 시절이 그립다

삭풍이 몰아치는 겨울이 오면
고라실 토강 꽁꽁 얼어붙은 얼음 깨고 찌그러진 냄비 총동
원 물을 퍼
미꾸라지 잡아 매운탕 끓여 먹던
그 시절이 그립다
밤새 함박눈이 무릎까지 내린 뒤
개구쟁이 녀석들한테 모여
지겟다리 걸어지고 산마루에 올라
토끼몰이 하던
그 시절이 그립다
햇볕 따뜻한 날에 동네 가운데집
마당 따뜻한 곳에 옹기종기 모여
손가락 호호 불며 딱지치기하던
그 시절이 그립다

천둥벌거숭이 개천에 미꾸라지들
아무런 걱정 근심 없이
무지갯빛 龍싹아지 키우던
그 시절이 그립다

설

그 옛날 그 추억
낡은 옷 고무신 찢던 때때옷 추억도
달포 전부터 감도는 침샘의 추억도

뽀얀 손 배시시 한 얼굴 서울 소녀의
애틋한 추억도
서울 간 형, 누나 언제 오나 목 내밀던
동구 밖 추억도
담배 내음 할아버지 달콤한
눈깔사탕의 추억도

모두 사라진 지금
무엇이 못내 그리워 새벽을 설치나
이 사람아!

386

바닷가 구불구불 자갈밭 길
너를 보면 걷고 싶다

어느 시골 고락실 질퍽질퍽 논둑길
너를 보면 걷고 싶다

골 깊은 풀잎 이슬 맺힌 오솔길
너를 보면 걷고 싶다

숨이 턱턱 가파름 돌밭 길
너를 보면 걷고 싶다

뾰족뾰족 피투성이 가시밭길
너를 보면 걷고 싶다

근심 걱정 없던 청춘
천방지축 순수 그대로인 너로
그때까지 터벅터벅 걷고 싶다

시곗바늘

똑딱똑딱 해님이 달려
먹지에 하얀 그림 그려왔는데

뻐국뻐국 달님이 흘러
산등성 밭고랑 갈아 왔는데

은하수 물결 따라
무지개 삶 색칠했는데

어릴 적 뛰놀던 당나무
아직도 그때 그 자리

감나무골

여름밤 느티나무 밑
삼삼오오 모여 앉아
막걸리 한잔

개울 뒤져 송사리 미꾸라지 잡아
보글보글 매운탕 끓여
가슴 속 넋두리 안주 보태고

주전자 뚜껑, 놋숟가락 반주 삼아
나의 인생 노래 불러본다

6부 참여

하늘빛 별빛

높고 높은 5월의 하늘 푸른 물감 뿌릴 때
조용히 고개를 떨구고
골목길 옆 울타리 장미꽃 향연 줄달음질 때
살며시 눈꺼풀을 내린다

시리도록 깊고 푸른 하늘빛
부끄러움에 고개 숙인
나그네의 어깨를 살며시 어루만지고
칠흑 같은 어둠 속 고개를 들면
보석같이 빛나는 별들이
반짝반짝 눈빛으로 따스함을 전한다

그렇게 그렇게 푸르른 시린 가슴으로
먼저 가신 님 별빛 부끄러움으로
오늘도 내일도 올해도 이듬해도
5월은 여전히 나그네의 채찍이 된다

세뇌

물은 물이요 산은 산이로다
성철

너 자신을 알라
소크라테스

황금 보기를 돌같이 하라
최영

자세히 보아야 예쁘다
오래 보아야 사랑스럽다
너도 그렇다
나태주

흙냄새를 아는자
진정 행복하리라
강나루

나는 없다

더하기 빼기

세상에 선과 악 51대 49
꽃길과 가시밭길
착한 사람과 나쁜 사람
내가 선택한 것들 내가 버린 것들
51이 있어 세상은 살만하다

50+1은 51이 아닌
100이 되는 요술 같은 삶
50을 더하기 위한 삶
너무 어렵지만
1를 위한 삶은 해 볼만하다

그래서 난 51대 49가 너무 좋다

지구

한동안 무척 덥더니만
계속해서 비가 내리네

아이구 정말 열 받네
저것들을 그냥 확
아직은 참아야지

하얀 양산 써볼까
검은 양산 써볼까
부채질을 해볼까
등목을 할까
계곡물에 멱을 감아 볼까
선풍기 틀어놓고 샤워를 해볼까

왜 참았을까
너무너무 참다 보니
그 웅어리
암 덩어리 되었네

약 먹으면 나을까

주사 맞으면 나으려나
방사선이면 어떨까
아니야 아니야
수술로 말끔히 도려내야 할 것 같아

세월호

세월이 가면 잊혀질까
그날의 절규

세월이 가면 치유될까
그날의 상처

세월이 가면 알게 될까
그날의 진실

그리움에 지친 한숨
옹이 되어 꺾인 허리를 부여잡고
노란 날갯짓으로
너를 부른다

팽목항에서도
너희들의 모교에서도
그날을 기억하고픈 가슴 가슴에도
그리고 나의 가슴에도

빈손

아무것도 안 하는 듯 아무것도 없는 듯
모든 걸 다 하는 모든 걸 다 가진
그 무엇에도 얽매이지 않은 자유로운 영혼
그 이름 빈손

욕심이 없어 아무것도 가지지 않았으니
근심이 없고
아무것도 가지고 싶은 마음이 없으니
경계하는 이 없고
백 가지 손을 가지고 있으니
즐겨 찾는 이 많다

하얀 손 깨끗한 손
언제나 빈손
무한한 가능성이 있는 손
너의 이름은 백수 진정 아름답구나

내가 시를 쓰는 이유

나는 그냥 시를 씁니다

내 안에 있는 그리움
내 안에 있는 안타까움
내 안에 있는 분노
가지 못한 길
이루지 못한 꿈

그것들을 녹여 내려 합니다

마음속 깊은 곳
옹이 된 상처들
스스로 치유해보려 합니다
어제보다 행복하게
오래 살아보려 합니다

그냥

꽃길이 아니어도 좋습니다
비단길이 아니어도 좋습니다
그냥 오솔길이면 족합니다

큰 길이 아니어도 좋습니다
고속도로가 아니어도 좋습니다
그냥 이어진 길이면 족합니다

낯익은 길이 아니어도 좋습니다
갈 수 없는 길이어도 좋습니다
그냥 길이면 됩니다

다만 그 길을 가면 그 길을 가고 나면 입가에 미소만 남으
면 됩니다

(1＝50)

세상은 51대 49
인생도 51대 49
1은 요술쟁이

나 하나 바뀐다고 세상이 바뀔까
1은 혁명가

1에게서 나는 위로를 받는다

똥

왜 나를 보면 더럽다 하느냐
내 안에 향기가 있고 맛도 있고 삶이 있는데

왜 나를 보면 피해 가느냐
내 속에 행복이 있고 웃음 있고 기쁨 있는데

나 너에게서 나와 돌고 돌아 되돌아갈 텐데
네 안에 나 있고
훗날 돌고 돌아 너 찾아 갈텐데…

물

자기는 들어내지 않고
낮은 곳으로 유유히 흐르는 너
온갖 영양분을 흙 속에 내어주고
가벼워진 너
자기를 내어주어
아름다운 세상 꽃 피우고
튼실한 열매를 맺게 하는 너
온갖 더러운 것들을
정화하는 힘을 가진 너
그런 네가 부럽다

그늘 속에 홀로 핀 그대

양지에 핀 꽃 다 진 뒤
홀로 부끄 부끄 핀 그대
외로워 말라
그늘에 핀 까닭에 오래 피지 않는가

화려하게 피는 꽃은 향이 짙어
벌레가 끼지만
너에 은은한 향은 진실함을 부른다

그늘에 홀로 피는 네가
진정 아름답다 하리
세상아!

삶

아이야
네 숨 만큼만
해라

6과 9

6은 9보고 물구나무를 서라고 한다
9는 6보고 물구나무를 서라고 한다
둘은 물구나무를 설 줄 모른다

누우면 될 것을 맴을 비우고
하늘을 향해 누우면 될 것을
물구나무서지 못하는 서로를 보고
물구나무를 스라고 서라고

6과 9는 다른 곳을 보고 서서
아직도 고함을 지른다

김밥

넌 참 성격도 좋다
이것저것 많이도 품었구나
하나도 어려운데

각기 다른 색깔, 맛
함께 품어 조화를 이루는 너
참 대단하구나
파란색, 빨간색, 노란색, 하얀색
매운맛, 단맛, 고손 맛, 짠맛, 신맛

인간은 밥맛 없을 때 너를 찾지만
너는 항상 그들을 넉넉히 품는구나

어느 바퀴벌레의 人生 이야기

초판 1쇄 인쇄일	ㅣ 2024년 10월 18일
초판 1쇄 발행일	ㅣ 2024년 10월 25일
지은이	ㅣ 강종수
발행처	ㅣ (재)당신문화재단
	충청남도 당진시 무수동 2길 25-2
	Tel 041-350-2911 Fax 041.352.6896
	https://www.dangjinart.kr/
펴낸이	ㅣ 한선희
편집/디자인	ㅣ 정구형 이보은 박재원
마케팅	ㅣ 정찬용 정진이
영업관리	ㅣ 한선희 이민영 한상지
책임편집	ㅣ 이보은
인쇄처	ㅣ 으뜸사
펴낸곳	ㅣ 국학자료원 새미 (주)
	등록일 2005 03 15 제25100 - 2005 - 000008호
	경기도 고양시 덕양구 권율대로656 원흥동 클래시아 더 퍼스트 1519,1520호
	Tel 02)442 - 4623 Fax 02)6499 - 3082
	www.kookhak.co.kr
	kookhak2010@hanmail.net
ISBN	ㅣ 979-11-6797-201-9 *03810
가격	ㅣ 12,000원